AF283781

UN MUNDO
EN LAS NUBES

ExLibric

JUAN SERIGOT CAVAS

UN MUNDO
EN LAS NUBES

EXLIBRIC

ANTEQUERA 2024

UN MUNDO EN LAS NUBES
© Juan Serigot Cavas
© de la imagen de cubiertas: Juan Serigot Cavas
Diseño de portada: Dpto. de Diseño Gráfico Exlibric

Iª edición

© ExLibric, 2024.

Editado por: ExLibric
c/ Cueva de Viera, 2, Local 3
Centro Negocios CADI
29200 Antequera (Málaga)
Teléfono: 952 70 60 04
Fax: 952 84 55 03
Correo electrónico: exlibric@exlibric.com
Internet: www.exlibric.com

ISBN: 979-13-87528-43-0
Depósito Legal: MA 2959-2024

Impresión: PODiPrint
Impreso en Andalucía – España

Nota de la editorial: ExLibric pertenece a Innovación y Cualificación S. L.

JUAN SERIGOT CAVAS

UN MUNDO
EN LAS NUBES

A Merce Alcalá Monsalve

Prólogo

«Te vas a encontrar a muchas aguas maravillosas, que te ayudaran en tu camino, en las experiencias que siendo agua podrás vivir, sensaciones increíbles, vivencias mágicas y, sobre todo, aventuras que te llenaran de vida».

Son muchos los párrafos como este, con los cuales el autor, una vez más, nos quiere embadurnar de su sensibilidad y la sutileza que emplea, al plasmar sus letras en este nuevo libro.

Un mundo en las nubes es un libro ameno, muy corto, pero que no por eso le resta intensidad a su contenido, sino muy al contrario, el lector podrá comprobar continuamente, cómo tiene que parar su lectura para intentar llevarse un aluvión de sensaciones a su estado personal, a su interior más profundo.

El libro está escrito desde la exquisitez, con un lenguaje claro, nada hiperbólico, características principales que destacan en los mejores libros de autoayuda. Yo lo catalogaría como un buen libro de almohada.

Se palpa desde el comienzo de la lectura, como el corazón, la amistad, la entrega, la valentía y el coraje, son valores que el autor ha querido impregnar de manera clara en todo el libro. A mi criterio es toda una declaración de intenciones. Podemos decir abiertamente que se ha escrito para sí, para su yo más profundo, un libro para él, porque él es así, y lo ha querido compartir con todos nosotros nuevamente.

Me imagino al autor, por la intensidad de sus textos, escribiendo a altas horas de la madrugada, con la humeante luz de una vela, una suave música para el alma y la dificultad de tener que escribir con lágrimas en los ojos. Solo de esa manera se es capaz de vomitar tanto sentimiento.

En los tiempos que nos toca vivir, tenemos que decidir qué agua queremos ser, a dónde queremos ir, y a quiénes debemos regar. El autor, con este libro, nos invita a que lo pensemos seriamente y demos el salto con valentía de una vez por todas, sin miedos.

En definitiva, por todo lo que he sentido y aprendido de este libro, recomiendo sinceramente su atenta y pausada lectura.

Agradezco de corazón al autor su confianza, al darme el privilegio de leer este libro el primero y encabezar el mismo con este humilde prólogo.

Con mi más sincero respeto al autor, tu amigo y hermano.

Paco Poeta.

P. D.: Agradecer también a Alma quien, desde la sombra, ha logrado hacer que Juan sea capaz de escribir de esta manera.

PRIMERA PARTE

Alma era una preciosa nube blanca que existía en algún lugar al sur de Europa. Su brillo y esplendor se podían ver desde mucha, mucha distancia. Llamaba la atención su figura bonita y elegante, era como un resplandor que no pasaba desapercibido para aquel que se fijara en ella. Le encantaba tapar con su cuerpo pueblos enteros y así ser el centro de atención. Lo hacía adoptando formas reconocidas, a veces era un conejo, otras un ratón, otras la cara de un león.

Solía observar lo que ocurría en la Tierra, se pasaba horas analizando cualquier movimiento, imaginaba lo que podría ser vivir sobre esas montañas, resbalar por sus laderas, corretear entre su vegetación, sentirse libre de ir de un lugar a otro sin preocuparse de nada. Siempre quiso formar parte de ese mundo, un lugar tan conocido y al mismo tiempo tan lejano.

Le encantaba jugar, se lo pasaba en grande cuando un avión se metía dentro de ella, le hacía cosquillas en el cuerpo. Le gustaba notar las vibraciones de los motores, era una diversión espectacular.

Era muy sutil, es decir, con poco peso, este tipo de nubes suelen vivir en las capas altas, las más pesadas, las que tienen más agua que vapor, esas viven más próximas a la Tierra. Son entonces los pájaros quiénes juegan con ellas. Estas nubes, hace poco que han dejado la Tierra y, de vez en cuando, bajan para dar algún mensaje, todavía no se han acostumbrado a ese nuevo estado, por lo tanto, no se elevan del todo. Aún no forman parte del mundo de los cielos.

Alma es joven e inexperta, le gusta reír a carcajadas. Es tan juguetona que llama la atención por donde quiera que va. Es la alegría personificada, siempre feliz y contenta, alterando la vida de todos. Le gusta que los rayos del sol atraviesen su cuerpo, como si la felicidad le brotara con luz propia, siempre tan preciosa y mágica. Ella es diferente, con un carisma capaz de revolucionar cualquier situación.

Al pasar los días, sentía cada vez con más insistencia la necesidad de formar parte de ese mundo terrenal. Entonces, Alma descubrió que podría convertirse en lluvia y transformar su cuerpo en agua. Era justo lo que necesitaba y lo que tanto había deseado, corretear por las montañas o ser parte de una ciudad o de un lago. Desde aquel instante no se lo podía quitar de la cabeza, se obsesionó de tal forma que no paraba de preguntar a todo el mundo de qué manera podría llover, volvió locos a todos con tantas preguntas.

Pronto halló la respuesta y no tardó mucho en ponerse en contacto con la nube que se encargaba de las tormentas. En el mundo de las nubes todo estaba organizado y nada se dejaba al azar. Era conocida como la Maestra. Una nube con un brillo espectacular, tan majestuosa que Alma se quedó sin habla cuando estuvo frente a ella. Era enorme e impresionaba mucho, pero al mismo tiempo, era tierna y amorosa. Ella sería la encargada de guiarle en la transformación, no había nada en este mundo que Alma deseara más que convertirse en agua a través de la lluvia y formar parte de la Tierra que tanto admiraba.

Es un proceso complicado donde hay que planificar determinadas circunstancias capaces de contribuir al objetivo de todas las nubes participantes.

En cuanto la Maestra supo del interés de Alma, empezó un largo ritual donde todo se estaba organizando. Sus conversaciones fueron largas, incluso invitaron a más compañeras para formar parte de la tormenta que haría posible la lluvia y posteriormente de la vida en la Tierra. Los objetivos de cada una de las nubes participantes en la tormenta, tenían que estar entrelazados para que ese viaje fuera beneficioso para el proceso. Todo era perfecto no había nada que no estuviera previsto.

Alma no podía imaginarse lo complicado que era ese proceso, siempre pensó que podría llover en cualquier sitio, en cualquier momento, en cualquier situación, sin más problemas excepto el hecho de convertirse en lluvia.

Cada una de las nubes sabía el papel que iba a desempeñar cuando se convirtieran en agua, entonces se pusieron a trabajar de inmediato. Fueron a un lugar solitario, donde poder hablar y empezaron con el proceso. La Maestra fue clara, directa y concisa, rápidamente le preguntó la cuestión más trascendental e importante.

—¿Dónde quieres llover? Esta es la cuestión principal, en la que nos tenemos que basar para planificar la vida como agua —fue tan escueta que Alma puso la cara de no entender mucho—. Verás, ¡pequeña nube blanca!, no es lo mismo llover en una montaña, que en una ciudad o en el mar. También tenemos que ver en qué época del año quieres llover, no es lo mismo en verano que en invierno o en primavera donde un mayor número de nubes deciden llover. —La Maestra estaba acostumbrada a este tipo de cuestiones y sabía que la primera toma de contacto era muy impactante, pero no dejó tiempo para reflexionar y siguió preguntando—. También tienes que decidir qué tipo de agua quieres ser, hay aguas sucias en la Tierra, aguas de manantial, aguas contaminadas, estancadas, de torrentes, de ríos, mansas, hay algunas en lagos, en mares, etc. —La Maestra sabía que estaba agobiando a la pequeña nube por lo que ya no habló más de las posibilidades que podía tener en la Tierra, pero siguió aconsejándola—. Tienes que tener en cuenta, que cuando vivas en la Tierra, no deberás juzgar a un agua por lo que es, todas las aguas son preciosas nubes blancas, lo que ocurre es que deciden experimentar lo que no son. Un agua sucia o contaminada en realidad no es ni sucia, ni contaminada, solo que decide serlo en ese proceso de vida concreto, en otra vida como agua podrá ser un agua limpia, según sea su evolución. Elegir ser un agua contaminada no quiere decir que sea menos que cualquier otra, cada una tiene su razón de ser, un objetivo por el que decide experimentar un agua mala, aunque pudiera haber elegido cualquier otra mejor versión de sí misma. Elige ser un agua que no le corresponde, por el bien suyo o por el bien de otras aguas. No se debe juzgar a ninguna por el agua elegida, siempre hay un motivo para ser en la Tierra. Existen tantas clases de agua como nubes queriendo expresarse, no puede haber límite a la manifestación de un deseo. —La Maestra prosiguió con su discurso, todo lo que decía le salía del corazón y directo a él llegaba—. Te tengo que decir algo importante y que marcará tu vida en la Tierra. Cuando seas agua olvidarás tu pasado como nube, olvidarás todo lo que sabes ahora. Es más, te parecerá increíble e imposible hacer lo que hacen las nubes, incluso llegarás a pensar que cuando dejes de ser agua ya no serás ninguna cosa.

—¿No ocurre así? —preguntó Alma muy asustada.

—Cuando dejas de ser agua, te evaporas y volverás a ser una nube de nuevo, es el proceso al revés. Cuando regreses te tendrás que acostumbrar a tu nuevo aspecto y pasarás desapercibida, pero al poco tiempo, volverás a ser la magnífica nube que eres ahora, incluso serás más grande, más sabia, porque habrás adquirido un sinfín de experiencias y conocimientos, porque ya sabrás lo que significa ser agua. Te aseguro que muchas de las nubes que ves nunca han llovido, no han experimentado el goce de haber vivido en el mundo de la Tierra.

A Alma se le acumulaba la información. Eran tantas cosas las que tenía que asimilar que a veces no se sentía capaz de afrontarlo. La Maestra percibió esa intranquilidad y nerviosismo y con el toque de una auténtica madre le preguntó, tan dulce y amorosa como siempre, el motivo de su estado, Alma contestó apenada.

—Maestra, ¿por qué hay nubes que quieren ser agua sucia? —estaba tan agobiada que incluso se le escaparon algunas gotas de lluvia—. Hay nubes que son mis amigas y eligen ser algo diferente de lo que representan verdaderamente.

La Maestra tardó algunos minutos antes de contestar, como si estuviera buscando la mejor respuesta.

—Ellas quieren experimentarlo todo, necesitan y desean ser todas las clases de agua posible, saben que en realidad son nubes blancas y luminosas. Las aguas sucias no son ni mejores ni peores que las otras, simplemente actúan como sucias, aunque en realidad no lo son. Es como un truco de magia, parece real lo que en realidad no lo es. Hay aguas que saben de este engaño y dicen que la vida en la Tierra es una ilusión donde solo vemos sombras, las que reflejan las aguas que actúan como malas cuando en realidad son preciosas nubes blancas, relucientes, bellas e infinitamente buenas.

Alma seguía sin comprender muy bien todo ello y siguió preguntando.

—¿Y las nubes que llueven en el desierto y a los pocos minutos se evaporan?

—Hay nubes que lo único que quieren experimentar es el hecho de llover y con su acto altruista ayudan a otras aguas a reflexionar sobre lo efímero de ser agua.

La nube Maestra explicaba con suma dulzura todas las preguntas de la joven nube. Siguió interrogando sin descanso, como si tuviera prisa para que las contestaciones llegaran cuanto antes.

—Me has dicho que cuando sea agua no recordaré haber sido nube y tengo miedo de perderme en una charca o en un estanque que no me lleve a ningún sitio. —Alma estaba realmente preocupada.

—Pequeña nube —dijo la Maestra—, no estarás nunca sola, yo siempre estaré a tu lado, aunque no puedas verme. Si estás atenta y sabes escuchar las voces de tu corazón no sentirás nunca la soledad. Yo te hablaré aunque no podrás oírme como lo estás haciendo ahora. Te hablaré en un cuento como este, también lo haré en el canto de un pájaro, en lo que te digan otras aguas, de igual modo en el sonido del viento, etc. —La Maestra continuó hablando porque sentía que era lo que Alma necesitaba—. Yo viviré en tu interior porque todos somos uno, todos formamos la unidad de ser agua. Tú y yo nunca podemos estar separadas, aunque cuando vivas en la Tierra no lo recuerdes, tú y yo estamos unidas y somos una.

Alma se fue contenta en busca de otras nubes con las que jugar. Se sentía llena de energía, capaz de afrontar cualquier reto que se pusiera en su camino. Una de las nubes con las que jugaba se había convertido hacía poco en nube guía y no quiso dejar escapar la oportunidad de entablar una amena conversación con ella.

—¿Por qué has decidido convertirte en nube guía? —Alma había alcanzado la confianza suficiente para preguntar abiertamente sobre sus propias inquietudes.

La nube guía le contestó con gran dulzura y amor.

—No es una decisión, es un proceso en el cual me encuentro. He sido muchas veces agua y toda clase de aguas, he experimentado cualquier situación, tanto positivas, como negativas y es el momento de ayudar a otras aguas a realizar su camino y guiarles en el objetivo de tener una vida en la Tierra.

—¿Entonces es una decisión tuya dejar de ser agua? —Alma no terminaba de entender en qué consistía ese proceso.

La nube guía intentó buscar la mejor respuesta.

—En la Tierra experimentas lo que es ser toda clase de aguas y toda clase de sentimientos y vivencias, en muchos procesos de ser agua y nube y agua otra vez y nube y agua... No solo lo vives, sino que reconoces su esencia y su sentido, es como si aprendieras su significado. Esas experiencias no son infinitas, llega un momento que no es necesario regresar a ser agua para aprender todo lo que tienes que saber. Es entonces cuando te conviertes en guía y trabajas para que otros cumplan su objetivo, que no es otra cosa que experimentarlo todo y serlo todo y saberlo todo. Cuando te evaporas ejerces de referencia para aquellas aguas que se han quedado y que tenían un vínculo íntimo contigo.

La contundencia de lo que expuso fue tan fuerte que a Alma no le quedó otra opción que tomar como cierto todo lo que le dijo su nueva nube guía.

Hay veces que las nubes se juntan en las cimas de las montañas, en un claro del bosque o en el horizonte del mar y como si el amor y la felicidad les saliera por todos los poros, tiñen de colores vivos el cielo, con colores rojizos, amarillos y algún que otro color azul. Aprovechan cuando la tarde llega a su final o cuando nace un nuevo día para expresar todo su gozo. Son momentos llenos de vida. Ahí es cuando las nubes muestran su esplendor y el encanto de su existencia.

Alma descubriendo su entorno

Un día, Alma se quedó mirando uno de esos momentos y entendió que todo lo que le rodeaba estaba lleno de amor. Orgullosa, se fue en busca de otras nubes con las que poder pintar el cielo de colores de luz. Se sentía llena de energía capaz de afrontar cualquier reto que se pusiera en su camino.

Quiso inspeccionar en solitario todo lo que le rodeaba, imaginó que se metía dentro de un pájaro y voló por donde quiso, reconociendo paisajes y montañas que iluminaban su paseo.

Fue a ese espacio que le llamaba mucho la atención. Con sus enormes alas blancas se dejó llevar hacia ese lugar donde otras nubes se encontraban reunidas. Con gestos, ¡esas nubes la llamaban!

Al llegar preguntó qué era ese lugar.

—Esta es tu casa. —Contestó dirigiéndose directamente a ella—. Como pasa en la Tierra, aquí hay lugares donde las nubes que somos similares, nos reunimos para fortalecer nuestra unión, ponemos en común todas las cuestiones que nos interesan y por las que intentamos evolucionar.

Alma estaba emocionada porque ese lugar le era familiar y sentía una gran paz interior al estar ahí.

—A este lugar —prosiguió la nube que hacía de portavoz—, hay aguas que vuelven cuando duermen y de esta forma recargan sus pilas, renuevan las fuerzas para llevar a cabo su propósito. También es el lugar donde apareces después de evaporarte, cuando has efectuado todo el proceso de volver a ser nube, llegas aquí para intercambiar experiencias y poder, de esta manera, dar un salto en la evolución de forma colectiva.

Alma estaba encantada de haber encontrado este mágico lugar, le resultaba tan familiar que parecía su propia casa.

—Efectivamente es tu casa —contestó la nube, como si estuviera leyéndole la mente—, aquí es donde existen las nubes que son igual que tú. Nos encontramos para intercambiar experiencias y para ayudarnos unas a otras en la evolución que significa vivir en la Tierra como agua. Con cada experiencia te llevas un pedazo de todas nosotras y así las enseñanzas que te traes de vuelta son asimiladas por todas estas nubes. El aprendizaje es individual y colectivo al mismo tiempo, por eso, desde este lado, apoyamos y alentamos todos los procesos que tienes cuando eres agua. Desde esta casa ponemos todo lo necesario en tu camino para que los objetivos que tenías se lleven a cabo.

—¿Entonces vosotras me protegeréis cuando era agua? —preguntó, pero sin esperar respuesta y siguió hablando—. Qué sensación más placentera. Es increíble tener la seguridad que la vida en la Tierra no es solitaria, siempre hay alguien que está ahí para ayudarte. Dentro todo dentro de cada una de las aguas hay muchas nubes participando en esa aventura que es la vida.

—Así es, mi pequeña nube blanca, tu andadura nunca es solitaria, vivimos contigo y hay nubes que se encargan de cuidarte y guiarte en tu andadura. Te hablan sutilmente, desde tu intuición, viven en tu corazón para influir en tus decisiones, en tu forma de actuar. Debes de saber que nunca estás sola, NUNCA.

Con la bonita sensación de no estar nunca sola, de sentirse protegida y amada siguió su caminar por ese cielo que ocupaba.

Alma se dio cuenta de que hay nubes que quieren visitar la Tierra sin dejar de ser nubes y entonces se convierten por un instante en niebla. Sabía que hay ciudades y valles que todas las mañanas están rodeadas de estas nubes mágicas.

Una nube guía le dijo que hay aguas a las que les gusta mucho la niebla, pero que hay pocas que saben lo que son en realidad. Cuando aparecen es como si el tiempo se detuviera y todo fuera más lento. En la Tierra se quedan mirándolas como hipnotizadas. Son momentos de reflexión y las nubes lo aprovechan para dar mensajes ocultos, ¡si estás atenta podrás descifrarlos! Cuando veas que hay niebla debes de estar atenta por si tienes algún mensaje para ti.

Alma no lo sabe, pero cuando se convierta en agua, las nubes tienen preparada una gran fiesta para ella. Se reunirán todas en el lugar preciso y con la ayuda del sol convertirán el cielo en una fiesta de colores. Solo ocurre cuando sienten mucho amor por la nube que quiere ser agua, entonces unas pocas nubes empiezan a llover, el sol atraviesa esas gotitas de agua y, como en un truco de magia, se dispararán todos los colores que existen en el mundo. De esta forma experimentan una explosión de amor inmenso, es entonces cuando aparece el arcoíris en el cielo. Esta es la forma para despedir a las nubes que se convierten en agua. Es tan bonito que todos en la Tierra se quedan contemplando el evento y entienden entonces que el cielo es mágico.

A Alma le encantaba preguntar sin cesar, preguntó tanto sobre su vida que descubrió que anteriormente vivía en el gran océano. Ahí se confunden unas con otras y no existe una existencia individual, todas las aguas forman el océano, en toda su inmensidad. Cuando vivía en ese gran mar, descubrió que podría ser un ser independiente alejado de todas esas aguas. Su deseo se materializó y comenzó su realidad individual como una nube nueva. A partir de entonces obtuvo la forma que es ahora y la aventura de la vida tomó forma.

Alma siempre tenía una duda en mente y no paraba de preguntar para saber más de lo que le esperaba en su experiencia en la Tierra.

—¿Tú sabes cómo irá mi experiencia como agua? —preguntó Alma con miedo a la contestación.

—Tú tienes una vida como agua programada a grandes rasgos. Hay acontecimientos importantes que te van a suceder, luego hay caminos secundarios, vías alternativas, atajos y otras sendas que tú elegirás cuando seas agua.

—Creo que es muy fácil y, a veces, muy complicado vivir como agua. Se dibuja ante mí una experiencia llena de retos y al mismo tiempo una vida de incertidumbre y acontecimientos inciertos que me llenan de miedos. —Alma estaba expresando todo lo que sentía ante todo lo que le venía encima, todo era extraño. Estaba deseando llover.

—Es normal que te sientas así mi querida y amada nube —dijo la Maestra con su voz de madre—, tus miedos son compartidos por todas. Por eso te dije que solo las más valientes afrontan el reto de vivir en la Tierra. Poder ser agua con el espíritu que tienes ahora, ser agua sin dejar totalmente de ser nube, ver que un mundo existe en el cielo y tenerlo presente siempre.

No te tienes que preocupar, porque eso te dará la fuerza necesaria para dar este gran salto que te ayudará a comprender mejor el proceso de la vida de las nubes, llover, evaporarse, volver a llover.

Alma interrumpió como si hubiera dado un gran salto.

—¿Podré repetir este proceso entonces?

—No es que podrás, es que lo repetirás cientos de veces, cada vez que lo hagas de nuevo serás un agua diferente, en un recipiente diferente y sintiendo cosas diferentes. Alma, —por un instante se paró para continuar con más fuerza—, ser agua es algo mágico, es alucinante poder experimentar lo que desde aquí solo vemos de lejos, es una gran oportunidad la que se te presenta. Jugar a no ser nube cuando en realidad lo eres. Jugar a ser lo que no eres o jugar a lo que en realidad eres. Si descubrieras que en realidad tu esencia es el de una bonita y gran nube blanca, el viaje en la Tierra sería muy diferente, a pesar de todo, la vida como agua está llena de retos y de experiencias mágicas.

A nuestra pequeña nube le encantaba recorrer grandes distancias, le gustaba asustar con su presencia cuando no se le esperaba. En uno de esos viajes relámpagos se encontró de nuevo con la grandiosa y preciosa nube Maestra.

—¿Cómo me has encontrado, Maestra? —preguntó sorprendida, como quien ha hecho algo malo.

—Cuando pensamos en alguien aparecemos a su lado al instante. Cuando tú seas agua en el momento que pienses en mí estaré a tu lado, aunque no me puedas ver, yo permaneceré cerca de ti en todo momento. Este será nuestro secreto más preciado, aunque te digo que es un poder mágico que tienen todas las aguas, pero pocas lo saben. —Las explicaciones de la nube Maestra eran un bálsamo para Alma.

—Interesante —dijo, como buscando posibles utilidades y con cara de estar tramando algo.

—Alma, falta muy poco para que te conviertas en lluvia y tenemos que ultimar muchas cosas para que todo vaya bien. —Comentó la Maestra sin esperar respuesta—. Más que preparar cosas, tienes que saber, para prepararte a lo que te vas a enfrentar.

—Adelante —dijo la pequeña nube en plan chulesco y como si pudiera con todos.

—Cuando te conviertas en agua ya no vivirás de la forma tan majestuosa con la que te expresas ahora, no ocuparás tanto espacio, tendrás que empequeñecerte hasta ser una minúscula agua. Es un cambio muy grande pero al mismo tiempo muy bonito y mágico. Las aguas tardan un poco en acostumbrarse a su nuevo traje y se desperezan en un ejercicio de amor inmenso. Lo importante es que vivas intensamente tu existencia —como siempre, la Maestra hablaba con toda la dulzura del mundo y desprendiendo todo el amor que era posible.

Alma se acomodó en ese pequeño trozo de cielo en el que se encontraba. Le salieron algunos rayos de sol, como si lo que la Maestra le estuviera atravesando de uno a otro lado de su precioso cuerpo.

—Debes de saber que este es un viaje reservado solo para las nubes más valientes —siguió hablando la nube Maestra—, no es fácil bajar tus vibraciones, tu cuerpo, tus habilidades y tu vida para adentrarte en lo desconocido.

A Alma le estaba dando mucha pena y entonces la nube Maestra cambió radicalmente.

—Pero también te digo que te vas a encontrar a muchas aguas maravillosas que te ayudarán en tu camino, en las experiencias que siendo agua podrás vivir, sensaciones increíbles, vivencias mágicas y sobre todo aventuras que te llenarán de vida.

La cara de nuestra pequeña cambió al instante y la impaciencia retornó de nuevo a su ser.

En el mundo de las nubes ocurre un hecho peculiar, podríamos decir que es extraordinario. Hay veces en que las nubes deciden dividirse en dos. En un acto de amor inmenso, quieren experimentar su realidad de dos formas diferentes. Entonces, cuando deciden llover, lo hacen en dos gotas de agua independientes, cada una en un sitio y en tiempos diferentes. Más tarde cuando llegan a la Tierra, su atracción es tan fuerte, su amor tan intenso y su unión tan firme que no pueden evitar vivir juntas, recordando de esta manera cuando eran una sola nube. Sienten un éxtasis enorme cuando se encuentran y, desde ese momento, no pueden vivir separadas, experimentando su unión eternamente. Cuando la nube se divide es tal la energía que precisa y la fuerza que experimenta, que desde la Tierra se ve y se oye un estruendoso trueno que la atraviesa. Se ve un relámpago a centenares de kilómetros. Es un acontecimiento que ilumina el lugar y no deja indiferente a nadie.

Ahora ya sabes el motivo y, cuando veas un rayo, acuérdate de que es una nube que se divide en dos.

Alma se prepara
para convertirse en lluvia

La preparación de Alma estaba llegando a su final, pronto se unirá a otras nubes y emprenderá un viaje alucinante.

La Maestra preparó a la pequeña nube para darle las últimas enseñanzas. La halló en el horizonte de una enorme playa, probando a dibujar con trazos rojo cobrizo un espectacular anochecer.

—Alma, llega el día en el que vas a hacer realidad tus sueños, pronto te convertirás en agua de lluvia. —La Maestra habló muy tranquila y lentamente, como queriendo saborear ese instante. Ella sabía que no le quedaba mucho tiempo para compartir con la pequeña nube.

—Estoy deseando que llegue ese día, me estoy preparando a conciencia para ese momento —dijo Alma con voz ilusionada y al mismo tiempo impaciente—. Tienes que hablar con la nube encargada de organizar las tormentas para que cuente conmigo. —Estaba intranquila y deseando que llegara el momento que tanto tiempo había estado esperando.

Esta sería la señal para poner en funcionamiento el proceso para convertir a la pequeña nube blanca en una tormenta perfecta capaz de llover con la intensidad suficiente.

La Maestra se fue, callada, sin decir nada, aunque estaba pensando miles de cosas. Marchó en busca de la nube que organizaba las tormentas. Pronto volvió y le dijo a Alma que la siguiera para reunirse con las nubes que iban a llover con ella. Había llegado el momento.

Era un perfecto día de invierno en el lugar predeterminado por nuestra pequeña nube para llover. Todo se organizó con la perfección y el esmero que se preparan las lluvias. Alma andaba nerviosa y, con un guiño cómplice, la Maestra trató de tranquilizarla.

El día empezó a ponerse gris. La extensión del frente tormentoso era descomunal. Era tal la cantidad de nubes que querían llover que no dejaban pasar los rayos del sol. Algunas de ellas empezaron a chispear de forma leve. La Maestra se puso detrás de todas ellas como si fuera la directora de ceremonia. Con el poder que solo tienen las nubes elevadas, apartó con un fuerte viento a un puñado de nubes, fue entonces cuando un rayo de sol se coló entre ellas y, como por arte de magia, se dibujó el arcoíris que habían planificado para ese momento. Los colores brillaban con mucha intensidad, era inmenso, ocupaba la totalidad del cielo. Alma supo que era en su honor y una lágrima brotó de su rostro, le siguieron muchas otras lágrimas y mucha más y más, se dio cuenta de que estaba lloviendo, fue tanta la alegría que no podía dejar de llorar y de llover, entonces poco a poco fue desapareciendo hasta dejar un enorme hueco, tanto en el cielo como en los corazones de las nubes.

Quedó un cielo solitario. Todas permanecieron sin hacer ruido, los truenos y la tormenta cesaron de inmediato, fue entonces cuando en silencio se fueron alejando del lugar aquellas que solo estaban acompañando, las que querían seguir siendo nubes. No había manera de rellenar el vacío que había dejado Alma en todas las nubes que conoció en ese mágico cielo. Cada una se llevó el recuerdo de la pequeña y desde entonces aprendieron a seguir viviendo sin ella.

SEGUNDA PARTE

El reencuentro

Alma llovió en donde tenía previsto y tuvo la vida que la Maestra, y ella misma, habían planificado. Nuestra pequeña nube blanca trajo una experiencia plena, llena de maravillosas vivencias en su andadura en la Tierra. El proceso volvió a repetirse, esta vez en sentido inverso, ahora se evaporó para retornar al cielo donde todo había empezado. Ocurrió sin grandes dificultades, la transformación fue igual de placentera que la que hizo cuando se convirtió en lluvia. La vuelta a ser una nube fue intensa y totalmente positiva.

En el nuevo estado se encontraba aturdida en ese pedazo de cielo donde había aparecido. Se desperezó y empezó a comprobar el espacio que ocupaba su ser.

Era una experiencia tan intensa que no paraba de comprobarlo todo, mirarlo y sentirlo. Su júbilo era tal, que no tardó en desplegarse por completo en la inmensidad que ocupaba.

La luz era tan fuerte que no pudo fijar la mirada hasta pasado un tiempo. Todo era amor infinito que se sentía en esa penetrante incandescencia que inundaba cada rincón. Era de una intensidad que no cegaba, pero tampoco permitía ver con la nitidez suficiente como para percibir cada detalle, era tan intensa que apenas se podían intuir figura alguna.

Venía de ser agua y la transformación parecía tan importante que, a veces, se hacía complicado comprobar la grandeza que representa el volver a ser de nuevo nube. Alma, en el momento de ser agua, no se imaginaba que este proceso fuera maravilloso. Ser una preciosa nube blanca después de haber llovido y vivido en la Tierra.

El recibimiento fue espectacular, lleno de luces de energía, destellos con miles de colores. En realidad es una fiesta que una nube vuelva al lugar al que pertenece. De esta forma sienten todo lo espléndida y majestuosa que fueron antes de llover.

Las nubes que se encontraban a su alrededor le ofrecían la paz que necesitaba y el amor inmenso con el que ellas se expresan. No hay otra forma de dar felicidad y respeto que dando el cariño que se tiene.

En cualquier lugar en el Alma mirara, podía percibir esa gran ambiente de amor y admiración que expresaban esas nubes por la vida que tuvo en la Tierra. Una sensación de paz que hacía que ese proceso tan traumático fuera en realidad agradable y placentero.

Alma pudo reconocer a alguna con las que había estado conviviendo en la Tierra. En el río elegido para la experiencia, se movían rápido, no existía ni un segundo de tranquilidad. Las decisiones y los pensamientos se precipitaban a gran velocidad. Todo era de una intensidad elevada, pero al mismo tiempo muy bonito. Las compañeras de viaje estaban llenas de vitalidad, eran cristalinas. Algunas fueron aliadas, otras le ayudaron a madurar, a liberarse de imposiciones, las muy cercanas le facilitaron el proceso de crecer, le ayudaron a ser mejor que cuando empezó sus andanzas en la Tierra. Estaba muy agradecida a cada una de ellas y verlas ahí le resultó tan reconfortante que le dio la seguridad necesaria para seguir con el proceso que había comenzado.

Siempre le dijeron que cuando dejara de ser agua le estarían esperando las nubes para llevarla a un lugar maravilloso, lleno de luz y amor; efectivamente, no se equivocaron. Aunque también había muchas otras que le decían que dejaría de existir cuando desapareciera su vida en la Tierra, que se evaporaría.

Salió de un enorme vacío la gran Maestra, tan majestuosa y brillante. Volvieron a verse después de haber planificado juntas la vida que hizo Alma como agua. Era una relación que se podía semejar a la de una madre con su hija. El cariño que se tenían era infinito, iba mucho más allá del tiempo y del espacio. Todo el amor era posible y se hacía presente a cada instante, era una relación muy especial.

Se saludaron con el respeto que acostumbraban. Pero la pequeña nube blanca se mostró timorata y no expresó la gran alegría que sentía al ver a su querida Maestra.

—La vida en la Tierra ha sido difícil y he cometido muchos errores. Me gustaba el río que elegimos para ser agua, pero, a veces, era tan estresante la vida que no me dejaba ningún momento en el que reflexionar. En muchas ocasiones, no sabía dónde estaba ni quién era. —Alma hablaba deprisa, igual que todo lo que le pasó en su etapa como agua—. Solo al final conseguí la calma necesaria para reflexionar y entender la vida en la Tierra. Lo logré porque pude vivir en un meandro donde estábamos aguas más tranquilas, ahí conseguí orientarme y darme cuenta de ciertas cosas, aunque nunca descubrí quién era en realidad. —Su entonación era tan liviana que la Maestra apenas pudo oírla.

—No te preocupes, mi querida y amada nube, no hay vidas que no tengan un aprendizaje. Quizá tú ahora no puedas verlo, pero tu hazaña como agua ha sido maravillosa. Aquí no hay nada que sea erróneo, no hay fallos, ni nada que puedas hacer mal. Las nubes sabemos que lo que todos llaman errores, son en realidad oportunidades, decisiones, aprendizajes y experiencias. —La Maestra siempre tan dulce y amigable—. Todas tus acciones han tenido un propósito, una enseñanza. Nada ocurre por casualidad, las cosas que te pasan son malas y buenas al mismo tiempo, no hay algo que sea mejor que otra cosa. Lo ocurrido fue como debió ser. Nada es fruto del azar, ni aleatorio. Todo es correcto, no lo olvides nunca, lo que tú hagas estará bien hecho, siendo nube o agua. —Fue tan grande el alivio de la pequeña nube blanca que no pudo pronunciar ni una sola palabra.

Alma no tenía muchos argumentos, hubiera preferido una reprimenda, pero decirle que lo había hecho bien, la dejó sin entender nada.

—No tienes que estar preocupada, no tengas ese semblante extraño.

—Es que no entiendo muchas cosas y cuanto más sé del mundo de las nubes más me doy cuenta de lo que tengo que aprender. Cuando era agua no pensaba en lo divino de vivir, me limitaba a dejarme llevar por la corriente, sin preocuparme por cuál sería mi destino. No tenía tiempo de pensar sobre quién era o si existía algo más o menos. —Su voz sonaba apagada, lánguida, tenue.

—No te preocupes, Alma, eres una nube nueva y todo para ti es extraño y complicado, pero te puedo asegurar que es muy simple y no hay nada raro en las cosas que hacemos las nubes —seguía diciendo la Maestra—. Es tan sencillo, tan perfecto, tan mágico, que la vida en la Tierra es alucinante, tienes tantas posibilidades de experimentar la dicha y vivir en la felicidad. Es tan bonito que yo os admiro a todas las nubes que como tú deciden ser valientes y se lanzan a la vida en la Tierra.

Les doy las gracias por las enseñanzas que dejan a su paso.
—La Maestra quiso tranquilizar a Alma con sus palabras,
eligió cada una de ellas para confortarla—. Tú ya sabes
cómo es todo de lo que te hablo y habrás comprobado
lo que te digo. —La Maestra estaba realmente ilusionada,
se le notaba tan fascinada por la vida en la Tierra que
trataba a todo el que quería llover con un gran respeto
y al mismo tiempo admiración por atreverse a tener la
experiencia como agua.

—Hay momentos de la vida en la Tierra que son
mágicos. Poder experimentar el amor y los buenos sentimientos es algo que te llena. Siendo nube, es imposible
experimentar ese tipo de experiencias. —Alma quiso
seguir hablando porque quería expresar su frustración—.
Hay veces en que las nubes veis la vida en la Tierra de
forma idílica y mágica, pero no es del todo así. Cuando
te conviertes en lluvia no recuerdas nada de las nubes,
no sabes que existen siquiera. Piensas que solo eres agua,
que no serás otra cosa nunca más. La vida en la Tierra es
más complicada y difícil, más solitaria, más incómoda.
Hay egoísmo, maldad, incluso crueldad que te desarma
por completo. —Tenía un sentimiento extraño, pensaba
que no había hecho bien las cosas en la Tierra, veía todo
el proceso de la vida como una historia inconclusa.

—Mi querida nube blanca, ¿sabes lo que pasa? —
No esperaba respuesta y siguió hablando—. Que no ves

la perfección de las cosas, piensas que todo lo negativo es un fallo, errores e imperfecciones. Piensas que las aguas malas son algo que no pertenece a la vida. Yo te digo aquí y ahora que esas son las que dan sentido a tu experiencia, sin ellas no sabrías dónde está el bien y cuanta dimensión tiene. El motivo por el que aparecen esos personajes está escondido, su intención es que tú lo descubras, cuando llega ese momento mágico de entender su existencia te nutres de su sabiduría para que tu evolución y crecimiento sea más importante. Descubres entonces cuál ha sido el motivo de tu viaje y tu misión será más liviana.

—¿Por qué no recuerdo quién soy cuando vivo en la Tierra?

—Debe de ser así, si recordaras que eres una nube, actuarías como una nube y serías una nube en la Tierra y eso es imposible, esa no es la idea que se persigue. Debes de vivir como agua sin saber que en realidad eres una preciosa nube blanca. La estructura del mundo en la Tierra impide que seas consciente de la grandeza de las nubes, descubrirlo siendo agua es una de las mayores proezas que puedas vivir. Es sublime darse cuenta de que todo está conectado, de que somos uno, de que eres perfecta en realidad . Es el mayor goce que puedes experimentar. Si fueras agua, sabiendo que eres nube no habría aprendizaje, no habría evolución, no habría el proceso mágico de ir descubriendo una nueva forma de vivir como agua, una nueva forma de relacionarse

Se alejó con la última palabra que escuchó de la Maestra. Quiso experimentar su nueva realidad y se dejó llevar por una leve brisa que le transportó hacia un lugar desconocido. Alma recordó su vida como agua y pensó que en ciertas ocasiones desaprovechó la experiencia. Si hubiera tenido la certeza de ser una nube blanca, todo sería diferente a su alrededor, habría elegido la mejor versión de sí misma, pero fue diferente a lo que ella había planificado.

La idea de perder una oportunidad le tenía un poco aturdida. No quiso seguir preocupándose por ello y se dejó envolver en esta nueva experiencia que se apoderó de ella de inmediato. En ese instante tan mágico hizo que se transformara su aspecto, su brillo aumentó siendo su tamaño ahora descomunal. Era increíble ver como se desarrollaba todo su potencial, a cada instante se desplegaba una nueva evolución.

Con la experiencia como agua las nubes consiguen ser más conscientes de su verdadera realidad y por eso su esplendor y tamaño aumenta cada vez más. Pueden ocupar cientos de kilómetros y su brillo cegar a cualquiera que les mire.

Alma y el «hacedor de milagros»

Desde que dejó de ser agua, Alma estaba envuelta en un gran proceso, su existencia se transformó por completo, todo a su alrededor cambió. Se convirtió en algo más sutil, más ligera, más nube. Estaba viviendo todo como una espectadora, contemplando los cambios como si no le estuvieran pasando a ella.

El encanto de la situación le llevó a un lugar donde todo era distinto. Las nubes que habitaban ahí eran diferentes, su forma y esplendor le llamaba tanto la atención por ser algo que Alma nunca había visto antes.

Se relajó por completo para adentrarse en ese mágico entorno. Un halo de amor inmenso inundó a Alma, ya no se sentía desconcertada por tanta belleza, ahora se sentía en paz, integrada en el espacio que ocupaba.

Una enorme y preciosa nube se acercó. No era más grande que la Maestra, no poseía más brillo, pero era diferente, el amor que desprendía parecía ser más intenso.

—Hola, Alma. Tenía ganas de conocerte. —Era una forma de hablar, esa gran nube la conocía perfectamente.

—¿A mí? A tu lado soy una nube insignificante. —Alma se sentía abrumada por el cariño con el que le habló.

—Mi pequeña amiga, yo soy como tú, ninguna nube es más que otra, a pesar de mi brillo y de mi volumen, tú y yo somos lo mismo, tú vives en mí y yo en ti —hablaba lento, muy lento—. Eres nueva y acabas de llegar de tu viaje por la Tierra, pero eso no te hace ser menos que cualquiera de las enormes nubes que verás a este lado —hablaba desde el corazón y llegó directamente a él.

—¿Cuál es tu misión en este lugar?

—Yo soy el hacedor de sueños, me encargo que los pensamientos de las aguas se hagan realidad. Es muy sencillo mi trabajo. —Alma se quedó abrumada al escuchar a esa enorme nube, (¡era una labor tan bonita!). No se podía imaginar que hubiera trabajos de tan noble misión. Alma tenía miles de preguntas que hacerle.

—¿En qué consiste tu trabajo? Háblame de cómo haces que se materialicen los sueños.

—Yo hago realidad los sueños de las aguas. Sus más nobles deseos y anhelos son puestos en el camino de quien lo pide.

Alma interrumpió de inmediato:

—Materializar los sueños es algo tan mágico. — Alma estaba totalmente encantada con esa nube.

—Hago que experimenten en su vida los deseos de las aguas, las emociones que lleva encerrado. —Hizo una pausa—. Te explico, tu anhelo es tener más amigos, el sentimiento que se esconde es el amor, yo me encargo de que aparezca en tu vida, quizá no sea teniendo más amigos, puede ser que sea de otra forma. Casi siempre consigo sorprender con lo que recibe. Hay fuerzas ocultas en los pensamientos y en los sueños, pero las aguas desconocen esa energía tan sorprendente. Lo que piensas tiene una intensidad enorme porque precipitan los acontecimientos que luego suceden y que definen cuál es la vida de las aguas. —Alma se quedaba atenta cada vez que hablaba la nube hacedora de sueños.

—El mundo es un espejo de lo que se siembran, los que proyectan odio recogen eso mismo, los que expanden amor lo cosechan. Si deseas algo malo a otro, tú en algún momento lo sufrirás de vuelta. Ayuda a los demás y todos te echarán una mano. Tu pensamiento es creador, sea lo que sea lo que estás pensando, yo me encargo de hacerlo realidad.

Alma interrumpió de inmediato y con su habitual desparpajo.

—¡Claro! Lo que deseas que ocurra es lo que termina pasando, es como una especie de ley, atraes hacia ti lo que alojas en tu mente —dijo Alma algo alterada.

—No solo lo que deseas que ocurra, no solo tus sueños, tus peticiones más profundas son las que se realizan.

—¿Todo lo que pienso se hace realidad? ¿Incluso las cosas malas y mis temores? —En esta ocasión fue la gran nube la que interrumpió.

—Controlar lo que se reflexiona es la forma más elevada de actuar. Por lo tanto, piensa solo en las cosas buenas, en las de amor. No te esfuerces en lo negativo o en lo sombrío. Descártalo de tu mente en cuanto descubras su existencia. Incluso en momentos difíciles, sobre todo en esos momentos, tienes que ver solo la divinidad. Experimenta gratitud y disfruta de la manifestación de la perfección que tú has elegido en tu vida, de esta forma encontrarás la felicidad de ser agua, la paz y la alegría. ¿Por qué ellas ponen más empeño y energía en lo que temen que en lo que desean?

—Entiendo perfectamente lo que me dices, pero ese truco de magia, esa capacidad para ser arquitectos de nuestra vida es ignorado por la gran mayoría de las aguas que yo conozco. Si lo llegaran a poner en práctica, su vida cambiaría por completo. —Mientras hablaba, intentaba saber el alcance de ese mecanismo de correlación.

—Las aguas deben de tener sus pensamientos activos con esa idea de crear. Cuando vivías en la Tierra ¿cuántas veces has temido que te suceda algo y de repente te ha ocurrido? —Alma asentía con su cuerpo confirmándolo—. Las aguas ponen mucho empeño y energía en razonamientos de miedo y temor. Si tus pensamientos son creadores y sabes que lo son, considera esas cosas como malas, si no te sirven para tu propósito, deséchalas de tu mente y no se harán realidad.

—¿Entonces todo lo que pensamos se materializa? —preguntó Alma como queriendo asimilar la información—. Me resulta tan complicado y al mismo tiempo simple, pero... —se paró por un instante, como queriendo armar una gran pregunta—, ¿todos los pensamientos se hacen realidad?

—Consiste en algo muy sencillo, tú deseas cualquier cosa con un propósito, una necesidad, una esperanza. Hay veces en las que el sueño que imaginas no tiene que ver con el propósito por el que fue creado, por lo tanto, no se materializa. Solo se hará realidad cuando el deseo, el motivo y el resultado sean compatibles. —La gran nube se acomodó entre otras nubes y prosiguió con su monólogo—. Hay veces en que las aguas cambian de pensamiento y es imposible que se haga realidad ninguna de sus ideas. Tus deseos deben ser concretos y constantes, es decir, no pensar hoy una cosa y mañana la contraria. Las aguas hacen mucho este tipo de cambios. Si se centraran en algo en concreto, yo me encargaría de que todo se hiciera realidad, de que se materializara. Teniendo en cuenta que lo que pasa en la Tierra es de una forma y no puede ser de otra. Nada ocurre de manera improvisada o aleatoria, todo tiene un propósito. La vida es precisión, exactitud y cocreación. Debes mostrar gratitud de que así sea. —Alma interrumpió para añadir.

—Y ocurre en el momento preciso, ¿no?

—Muy bien, veo que lo has entendido perfectamente, todo es en el momento preciso y con una perfección absoluta —dijo la gran nube en tono eufórico—. Mi querida pequeña nube, no hay nada en el mundo de las aguas que sea azar o improvisación. La vida es perfecta y exacta. Ocurre con el propósito que has ideado en tus pensamientos. —Fue tan locuaz que Alma enmudeció y tardó algún tiempo en seguir la conversación.

—Entonces, si existe tanta perfección ¿por qué hay desgracias, accidentes, etc.? —Una cierta indignación se dibuja en la cara de Alma y no pasó desapercibida para la gran nube.

—¿Quién te ha dicho que esas desgracias no son en realidad motivos de aprendizajes, enseñanzas, experiencias que traen consigo descubrimientos y afirmaciones positivas y trascendentales? No podéis ver la perfección en las cosas que os pasan y pensáis que son fruto de la mala suerte. Tened cuidado donde ocupáis la energía y los pensamientos. En cada acontecimiento hay escondido un aprendizaje que está esperando a ser descubierto. Si piensas que hay alguien ajeno a ti que te maneja, es la forma de perder la capacidad de actuar por ti mismo. Tu vida es el resultado de tus pensamientos acerca de esa experiencia que quieres tener. En las decisiones, en cada sueño se esconde tu esencia, tu verdadero yo, tu mejor versión de ti mismo.

Alma se alejó sin despedirse, no quiso profundizar más en este tema y se fue sin decir nada.

De nuevo, la brisa que la trasladó a ese lugar la desplazaba ahora hacia otro sitio cercano. Mientras se movía pensó en lo mucho que tenía que aprender sobre la vida de las aguas y de las nubes. La hacedora de sueños la dejó pensativa y llena de dudas.

De vez en cuando, Alma se distrae observando la Tierra desde la perspectiva de las nubes, la visión en ese lado es espectacular con todos los matices que ellas son capaces de ver. Las aguas no pueden verlo, pero hay hilos de energía que viajan de un lado a otro, como relámpagos de una alta intensidad. Se extiende sobre grandes extensiones de terreno. En realidad las aguas y lo que les rodean ocupan la totalidad del espacio, no hay ningún lugar en el que no haya una nube, la inmensidad está cubierta de energía, de luz y de información.

Miró, como quien se asoma desde el balcón y pudo observar en el hueco que dejaban otras nubes, un gran lago.

En ese lugar es donde se concentran el mayor número de aguas que no forman los océanos. Ahí cada una ocupa su tiempo en cosas sin mucho sentido, que no tienen que ver con ellas mismas. Se afanan en mantener la estructura del propio lago con cometidos poco interesante desde el punto de vista del crecimiento interno. Son extensiones gigantescas encaminadas al único fin de la subsistencia individual y el mantenimiento de la organización. Ahí las aguas se encuentran afinadas en un pequeño lugar donde tienden a autoafirmarse con aprendizajes estériles que le han inculcado desde su nacimiento, encaminadas con un fin siniestro, que no sea otra cosa que ser aguas del lago.

La mayoría de ellas creen que es casi imposible pensar en algo diferente a ser parte de ese todo. La explicación más plausible es que las corrientes que surgen en su interior, imposibilitan que piensen en otra cosa que no sea en el propio lago. Es un lugar, a veces vacío, a pesar de estar lleno, donde la grandeza de la vida se limita a la existencia misma sin detenerse en nada más.

Alma no se siente bien en estos lugares. Ella es del tipo de aguas a las que les gusta sentirse libres, moverse continuamente de un lado a otro, vivir su vida de manera plena y que no esté estructurada y organizada desde el exterior, sin ningún control propio. Ella quiere participar activamente de su forma de vida. Sentirse autora de su historia. Por eso eligió llover en un río rápido y contundente, su experiencia en ese río fue genial, estuvo muy buenas aventuras.

El gran descubrimiento

Alma descubrió un pasadizo en cuyo fondo se veía una luz cegadora, con una intensidad que nunca había visto. Era como si le llamara, no pudo hacer otra cosa que dejarse llevar y adentrarse en ese cúmulo de sentimientos intensos. Pronto se inundó por completo de la inmensidad de la belleza que encontraba, ¡era indescriptible! La dejó sin poder moverse ni un centímetro. Desprendía tanto amor, cariño y alegría que no había otra opción que dejar que todo aquello contaminara todo su cuerpo. Estaba en estado de paz plena y alegría, envuelta en la felicidad más inmensa y placentera de la que nunca puedo sentir.

Avanzó lentamente hacia la presencia de la nube que envolvía aquello. Sin darse cuenta se fundió con ella llegando a ser parte de ese todo. Hubo un momento que no se podía distinguir a Alma, se mezclaron de tal forma que no existía nada fuera, eran una sola nube. La unión fue completa y plenamente placentera, todos los átomos de su cuerpo vibraban con tanta fuerza que se estremeció de placer y júbilo. La sensación fue tan intensa que Alma no se planteaba otra alternativa que no fuera estar en ese lugar.

No se sabe cuánto tiempo pasó —en el mundo de las nubes no existe—, pero en un momento dado, Alma quiso experimentar el amor que estaba sintiendo y como si hubiese estado previsto, se separó de esa preciosa nube y volvió a sentir el espacio que había entre ellas, experimentó de nuevo su cuerpo. La sensación le gustó mucho y en medio de ese ambiente de amor, contempló directamente a ese precioso ser. En un instante escuchó dentro de sí la voz de quién tenía enfrente.

—Ninguna nube te ha hablado todavía de lo que eres y de lo que representas.

—Cualquier cosa que me digas llegará a mi corazón al instante, pero antes dime qué eres tú.

—Yo soy la pregunta y la respuesta, soy el motivo y la consecuencia de tus inquietudes. Soy el ahora y el que siempre fui. Soy el amor que todo lo abarca. Soy lo que ves y lo que no ves. Soy lo que da sentido a lo que existe. Yo soy el todo y la nada. Por eso conozco todas las respuestas. Antes de que tu duda llegue a tus pensamientos, yo he elaborado una explicación para que puedas entenderlo —se paró por un instante como si estuviera elaborando un gran discurso y continuó—, pero quiero volver a lo que quería decirte, nadie te ha dicho quién eres en realidad. Has creído lo que las estructuras exteriores dicen de ti, sin embargo, debes de saber que tu existencia es de un ser perfecto, eterno y completo.

Sé que estas palabras no las vas a creer y seguirás pensando que todo aquello que te rodea te identifica. Te digo que eso no eres tú; no existe ninguna expresión que pueda describir acertadamente lo que representas, ya que eres un ser tan magnífico, divino, lleno de amor, de luz, de paz, que no hay palabra que describa todos esos atributos. Sin embargo, en tu experiencia como agua olvidas todo lo que te digo, no recuerdas que en realidad eres una preciosa nube blanca. Te identificas con lo que no te representa, a fin de hallar la verdad de tu existencia. Andas buscando una respuesta que dé explicación a la idea que te identifique realmente, pero fuera de ti no encuentras nada. Es ahí donde reside el juego de la vida, esta búsqueda es tu labor más grande. Descubrir lo maravillosa que eres, la grandeza de tu esencia, lo sublime de tu presencia, la divinidad de tu entorno, esta es tu verdadera misión.

La perfección en tu vida eres tú, cada pensamiento, emoción y acción va forjando tu identidad, vas creando tu preciosa caminar. Experimentar todo lo que te digo es el reto de tu vida. Vas modelando tu existencia eligiendo quién quieres ser en cada decisión. Siendo consciente de que tus pensamientos y tus emociones se convierten en tu realidad. En tu mano está diseñar tu vida como algo mágico. Todo ello se consigue dominando tus afirmaciones mentales de lo que quieres llegar a ser.

—Pero ¡qué tengo hacer para conseguirlo? —Alma asumió toda la información que le estaba dando.

—Querida, debes quedarte quieta, no tienes que hacer nada, no necesitas transformarte en alguien divino, ni angelical. No tienes que hacer nada, solo ser tú misma. Reconoce tu divinidad desnuda de adornos exteriores y despojada de todo ello, ser feliz. Intenta integrarte en un espacio acallado, íntimo y discreto detrás de la vida en movimiento para observarte sin adornos externos y sentirte en paz contigo misma. Comprueba que dentro de ti existe la felicidad, la paz y el amor, sin necesidad de nada más, no precisas hacer grandes cosas para ser perfecta, vive en ti la totalidad de todos los atributos posibles. En tu interior los adornos mundanos esconderán lo que en realidad representas. Te digo que eres amor infinito. Experimenta ese cariño a cada instante, en una vida completa, llena de «nada» que lo complemente, no necesitas ser algo diferente a ti para ser absolutamente plena. —No quería parar ni un instante y siguió su monólogo—. Las nubes somos testigo y estamos presentes de una forma consciente, experimentando todos juntos el goce de sentir la grandeza de la existencia en la Tierra y del cielo. Lo conseguimos a través de esta nueva forma de percibir el amor y la felicidad que será derramada por ti y por todos en las vidas que te toque experimentar. Debes dejar que este sentimiento inunde tu esencia, tienes que conseguir que cada parte de tu interior comprenda qué representas realmente. Llena tu ser de amor, de luz y sentirás la grandeza. Eres todo sin hacer nada para serlo. Las aguas que experimentan el tránsito por la Tierra son en esencia como tú. ¿Sabes lo que ocurre? —Hizo una breve pausa y continuó—. Que en la Tierra hay demasiado ruido, nadie hace el esfuerzo de mirar en su interior para descubrir quién es realmente. Tienen la sensación de ser el entorno que los envuelve, los pensamientos que inundan sus mentes, las creencias escritas por otros y asumidas sin preguntarse la veracidad que tienen. Viven engañados pensando que deben que ser milagrosos para hacer milagros, maravillosos para hacer maravillas, alegres para ser felices. No entienden que son perfectos sin hacer nada extraordinario, tan solo tienen que experimentar la plenitud de su alma en su interior, acallando el ruido que ensordece la grandeza en la que viven y que se expresa en lo más profundo de su ser.

Alma quería asimilar todo lo que le estaba diciendo. Era tan bonito que alguna gota de lluvia comenzó a derramarse.

Aquella nube inmensa no quería dejar la oportunidad y quiso terminar la conversación con algo enigmático.

—Una pregunta tengo que hacerte en este momento. Es el interrogante más importante que nadie te ha hecho en tu larga vida. Una cuestión tan trascendental que transformará por completo lo que sabes del mundo de las nubes y de la Tierra. —Dejó descansar sus palabras y con una teatralidad desmesurada prosiguió—. Debes tener en cuenta que tu decisión no tendrá marcha atrás. Tanto una como otra respuesta son válidas, solo tú sabrás lo que más te conviene. No hay caminos equivocados, cualquiera que elijas te ayudará en tu evolución. No quiero alargar más la incertidumbre que te inunda, te diré cuál es mi pregunta: ¿Quieres seguir siendo nube o deseas volver a donde estabas cuando fuiste agua? —Dejó de hablar un instante, esperó con un molesto silencio—. Debes saber que regresarás justo antes de evaporarte, para continuar la vida en la Tierra. Con las aguas que vivían contigo, con las mismas circunstancias que te rodeaban, todo será igual a como lo dejaste, tus compañeros de viaje seguirán a tu lado.

—Pero… —le interrumpió nerviosa— ¿puedo volver al mismo río donde viví como agua?

—Eso te estoy diciendo. Pero no recordarás nada de lo que has experimentado aquí ahora. Volverás al instante antes de desaparecer como agua, con la situación idónea para evitar que dejes la Tierra, consiguiendo de esta forma que no te evapores.

Alma no creía lo que estaba oyendo. El proceso que se había iniciado anteriormente, comenzó con más intensidad y las pequeñas gotas se tornaron en lluvia copiosa. La transformación en agua se hizo en modo instantáneo, en segundos se hallaba en el río que abandonó al evaporarse.

A partir de ese instante continuó una vida donde no recordaría lo que le había sucedido en el mundo de las nubes, pero que transformó por completo el resto de su existencia en la Tierra. Experimentando la grandeza de ser agua de una forma más intensa, llegando a ser feliz en muchas ocasiones, celebrando el goce de vivir.

Algunos años después el proceso de la evaporación volvió a producirse. No hubo ningún cambio y la experiencia de Alma sucedió de la misma forma, con los idénticos protagonistas y exactamente idéntica pregunta final. Esta vez Alma decidió quedarse y volver a ser parte del mundo en el cielo.

Ahora es una nube guía que ayuda a muchas aguas en su proceso de vida, a veces siendo agua, otras como nube.

Si tú necesitas que te acompañe en tu existencia, solo tienes que pedirle ayuda y en un instante estará a tu lado para susurrarte al oído las respuestas que estás buscando.

Índice